ROBERTO PIUMINI cuenta los CINCO SENTIDOS

De la prestigiosa mano de Roberto Piumini,
Cinco cuentos para apasionarse, entretenerse, crecer...
y jugar con los cinco sentidos.

El tacto del rey
La narizota de Pozia
Los ojos mal colocados
Los besos de Namea
Las orejas del hombrecillo

Puede consultar nuestro catálogo en www.edicionesobelisco.com / www.picarona.net

LOS BESOS DE NAMEA
Texto de *Roberto Piumini*
Ilustraciones de *Evelyn Daviddi*

1.ª edición: enero de 2016

Título original: *I baci di Namea*

Traducción: *Lorenzo Fasanini*
Maquetación: *Montse Martín*
Corrección: *M.ª Ángeles Olivera*

© Raffaello Libri
(Reservados todos los derechos)
© 2016, Ediciones Obelisco, S. L.
(Reservados los derechos para la lengua española)

Edita: Picarona, sello infantil de Ediciones Obelisco, S. L.
Pere IV, 78 (Edif. Pedro IV) 3.ª planta, 5.ª puerta
08005 Barcelona - España
Tel. 93 309 85 25 - Fax 93 309 85 23
E-mail: picarona@picarona.net

ISBN: 978-84-16117-64-2
Depósito Legal: B-22.309-2015

Printed in India

Roberto Piumini

Los besos de Namea

Ilustraciones:
EVELYN DAVIDDI

Picarona

ÉRASE UNA VEZ, EN TIEMPOS ANTIGUOS, UN FRESCO VALLE DONDE HABÍA UN TEMPLO, Y EN ÉSTE, UNA ESTATUA DE UNA MUJER LLAMADA NAMEA.

SE TRATABA DE UNA ESTATUA DE TAMAÑO REAL, NORMAL Y CORRIENTE, PERO, SIN EMBARGO, ERA ESPECIAL. ¿POR QUÉ?

PORQUE ERA LA ESTATUA DE UN ORÁCULO.

¿Y QUÉ QUIERE DECIR ESO? QUIERE DECIR QUE CUANDO LA GENTE TENÍA
UNA CUESTIÓN DE DIFÍCIL RESOLUCIÓN, ACUDÍA A AQUEL FRESCO VALLE,
ENTRABA EN EL TEMPLO, SE ACERCABA A AQUELLA ESTATUA
Y LE SUSURRABA SU PROBLEMA AL OÍDO.

AL CABO DE UNOS INSTANTES, SI APROXIMABA EL OÍDO A SU BOCA,
PODÍA OÍR UNA VOZ QUE LE ACONSEJABA.
LOS CONSEJOS DE LA ESTATUA NAMEA ERAN MUY BUENOS,
Y POR ESO TODOS CONFIABAN EN ELLA.

AHORA BIEN, HAY QUE SABER LA PRIMERA DE DOS COSAS IMPORTANTES:
SI AQUELLA ESTATUA DABA CONSEJOS, ES QUE ESTABA VIVA, Y SI LO ESTABA,
ES QUE DEBÍA TENER UN CORAZÓN, AUNQUE FUERA DE PIEDRA,
Y SI TENÍA UN CORAZÓN, PODÍA SER FELIZ O INFELIZ.
PUEDE QUE SE SINTIERA SOLA, Y ES POSIBLE QUE QUISIERA AMAR
Y SER AMADA.

UN DÍA, LLEGÓ A ELLA UN JOVEN MUY ATRACTIVO,
ACERCÓ SU BOCA AL OÍDO DE LA ESTATUA, Y LE DIJO:
—SABIA NAMEA, QUIERO CONQUISTAR EL CORAZÓN
DE LUMA. ¿QUÉ PUEDO HACER?

ACTO SEGUIDO, ACERCÓ EL OÍDO A SU BOCA,
Y SE QUEDÓ ALLÍ ESPERANDO.
LA RESPUESTA TARDÓ EN LLEGAR UN POCO MÁS DE LO HABITUAL.
¿POR QUÉ? PUES PORQUE NAMEA, EN CUANTO VIO A AQUEL
JOVEN, SE ENAMORÓ DE ÉL. AL CABO DE UN RATO, HE AQUÍ LO
QUE LE CONTESTÓ:
—PARA CONQUISTAR A LUMA TIENES QUE COMERTE UNA CEBOLLA
CRUDA, ENTERA, Y LUEGO DARLE UN BESO EN LA BOCA.

EL CONSEJO PARECÍA ALGO EXTRAÑO, PERO EL JOVEN, QUE SE LLAMABA
GOLO, CONFIABA MUCHO EN LA ESTATUA, ASÍ QUE SE FUE,
SE COMIÓ LA CEBOLLA CRUDA Y BESÓ A LUMA EN LA BOCA.

LUMA HUYÓ, ENTRE GRITOS
Y MUECAS DE ASCO.

GOLO, PERPLEJO Y DOLORIDO, REGRESÓ DONDE SE ENCONTRABA
LA ESTATUA Y LE DIJO AL OÍDO:
—SABIA NAMEA, HE HECHO LO QUE ME RECOMENDASTE,
PERO NO HA SALIDO BIEN.

—EL CORAZÓN DE LUMA ES DURO –CONTESTÓ NAMEA–, PERO SI HACES
LO QUE TE VOY A DECIR AHORA, SIN DUDA LA CONQUISTARÁS.
—¿QUÉ TENGO QUE HACER?
—PÍDELE UN BESO, Y MIENTRAS TE LO DA, MUÉRDELE CON FUERZA
LOS LABIOS.

EL CONSEJO PARECÍA MUY EXTRAÑO, PERO PUESTO QUE NAMEA
ERA MUY CONOCIDA POR SU SABIDURÍA, GOLO LO SIGUIÓ.
PIDIÓ UN BESO A LUMA Y, EN CUANTO TUVO CERCA SU BOCA,
LE DIO UN BUEN MORDISCO EN LOS LABIOS.

LUMA, CHILLANDO DE DOLOR,
HUYÓ LEJOS.

GOLO, DESESPERADO, VOLVIÓ A VER A LA ESTATUA.
—SABIA NAMEA, HE HECHO LO QUE ME
RECOMENDASTE, PERO NO HA FUNCIONADO.
—EL CORAZÓN DE LUMA ES MUY, MUY DURO
—CONTESTÓ LA ESTATUA—. PERO SEGURO
QUE EL CONSEJO QUE TE VOY A DAR AHORA
CONSEGUIRÁ CONQUISTARLA.

—¿QUÉ TENGO QUE HACER? —
PREGUNTÓ GOLO, LLENO DE ANHELO.
—TIENES QUE PEDIRLE QUE TE BESE,
Y CUANDO ELLA ACCEDA,
DARLE UN BESOBESOBESO.

—¿UN BESOBESOBESO? —REPITIÓ GOLO—.
¿QUÉ ES ESO?
—¿NO SABES QUÉ ES UN BESOBESOBESO?
—QUISO SABER NAMEA.
—NO, SABIA NAMEA, NO LO SÉ
—CONTESTÓ ÉL, APENADO.

beso

beso

beso

beso

—ENTONCES TE LO TENDRÉ QUE ENSEÑAR YO
–SUSPIRÓ LA VOZ DE LA ESTATUA.
—¿CÓMO?
—ACERCA TU BOCA A LA MÍA,
DAME UN BESO Y LO SABRÁS.

BESAR A UNA ESTATUA ERA ALGO SUMAMENTE EXTRAÑO, AUN ASÍ,
GOLO TENÍA UNA GRAN CONFIANZA EN ELLA, DE MODO QUE ACERCÓ
SU BOCA A LA DE NAMEA.

AHORA HAY QUE SABER LA SEGUNDA DE ESTAS DOS COSAS IMPORTANTES:
HACÍA MUCHO TIEMPO, NAMEA HABÍA SIDO UNA MUJER DE CARNE Y HUESO.
PERO UNA BRUJA MALVADA, QUE POR ALGUNA RAZÓN BUSCABA VENGARSE,
LA HABÍA TRANSFORMADO EN UNA ESTATUA ORACULAR.
—¡TAN SÓLO CUANDO UN JOVEN ENAMORADO TE BESE,
PODRÁS VOLVER A SER MUJER! –LE HABÍA DICHO LA BRUJA–.
PERO, ¿QUIÉN BESARÁ TU BOCA DE PIEDRA? –AÑADIÓ.

Y ASÍ FUE COMO AQUEL DÍA, PARA SABER LO QUE ERA UN BESOBESOBESO,
GOLO ACERCÓ SU BOCA A LA DE LA ESTATUA Y LA BESÓ.
Y COMO SE TRATABA CIERTAMENTE DEL BESO DE UN JOVEN ENAMORADO,
AUNQUE NO DE NAMEA, EL MALVADO HECHIZO DE LA BRUJA SE DESVANECIÓ.

DE REPENTE, LA ESTATUA SE CONVIRTIÓ EN UNA MUJER REAL Y SONRIÓ.
Y COMO NAMEA ERA LA MUJER MÁS GUAPA Y DULCE DEL MUNDO, GOLO,
OLVIDÁNDOSE AL INSTANTE DE LUMA, SE ENAMORÓ DE ELLA.

JUNTOS DE LA MANO, DEJARON EL PEQUEÑO TEMPLO Y EL FRESCO VALLE.

A PARTIR DE ENTONCES, LOS QUE ACUDÍAN PARA PEDIR CONSEJOS
SÓLO SE ENCONTRABAN CON LA QUIETUD Y EL SILENCIO DEL TEMPLO,
Y ENTENDÍAN QUE, CUANDO NO HAY QUIEN DÉ BUENOS CONSEJOS,
UNO TIENE QUE DÁRSELOS A SÍ MISMO.

Fin

ABC

con la boca puedo...

Con mi boca charlo,
como manzanas y frutas secas,
y, cuando hay que hacerlo,
también hago muecas.
Gruta de mordiscos y sorbos,
cocina de palabras y verbos.

beso
beso beso beso